诗画崂山

王瑞竹 著

中国海洋大学出版社
·青岛·

图书在版编目(CIP)数据

诗画崂山 / 王瑞竹著. —青岛:中国海洋大学出

版社,2021.8

ISBN 978-7-5670-2916-3

Ⅰ.①诗⋯ Ⅱ.①王⋯ Ⅲ.①诗词—作品集—中国—

当代 Ⅳ.①I227

中国版本图书馆 CIP 数据核字(2021)第 179193 号

出版发行	中国海洋大学出版社			
社　　址	青岛市香港东路 23 号		**邮政编码**	266071
出 版 人	杨立敏			
网　　址	http://pub.ouc.edu.cn			
电子信箱	coupljz@126.com			
订购电话	0532—82032573(传真)			
责任编辑	李建筑		**电　　话**	0532—85902505
印　　制	青岛国彩印刷股份有限公司			
版　　次	2021 年 9 月第 1 版			
印　　次	2021 年 9 月第 1 次印刷			
成品尺寸	170 mm×240 mm			
印　　张	7			
字　　数	85 千			
印　　数	1～1100			
定　　价	48.00 元			

前 言

崂山巨峰是我国沿海最高的山峰。崂山是我国唯一从海边拔地而起，主峰高度为1132.7米的山脉。她高大雄伟，被称为"海上名山第一"、"海上仙山"和"神仙洞窟"。崂山位于山东半岛南部的黄海之滨，距青岛市中心约40千米。崂山东部和南部濒临大海，她以巨峰为中心向四方延伸，有巨峰、三标山、石门山和午山四条支脉。崂山的余脉沿东海岸向北至即墨的东部，向西至莱西抵胶州湾畔，向西南延伸到青岛市区，形成了市区跌宕起伏的丘陵地形和十余个山头。

崂山古冰川遗留下来无数巉岩绝壁、奇石洞穴等，其漂砾、冰臼等特征之明显，数量之多，真可谓冰川地质博物馆。寒暑交替，风雨雕琢，沧桑岁月帮助造就了大量栩栩如生的象形石，如青蛙石、狮子峰等。

崂山历史悠久，文化积淀深厚，有遗迹佐证的历史，可以追溯到秦始皇时期，更不用说汉、唐、宋、元、明、清等朝代有方之士、达官贵人、文人墨客等在崂山留下的遗迹及故事了。华楼山遗存的题刻、诗刻，是崂山最多、最集中的元代石刻。秦始皇巡游琅琊台时留下的琅琊台碑刻（现藏于中国国家博物馆），以及太清宫东山有关始皇帝二十八年游崂山的近代题刻、烟台顶的西晋石刻、明道观前的唐代题刻等，都是宝贵的文化遗产。

崂山的古树名木遍布，奇花异草丛生。太清宫前的汉柏凌霄也有2000多年的树龄。黄杨、木梨、白玉兰等的树龄也都在100年以上。还有元代丘处机亲植于大崂观的银杏，张三丰移来道观的山茶花(耐冬),《聊斋志异》作者蒲松龄笔下的香玉(绛雪),以及桂花、梅花等。众多古树奇花被赋予了浓厚的人文色彩,崂山真可谓一个富有历史文化内涵的植物园。

"泰山虽云高,不如东海崂。"崂山亮点之多不胜枚举。再如驰名中外的崂山矿泉水,以及用崂山泉水酿制的青岛啤酒等。这些名品的产生,离不开崂山,离不开崂山的山泉水。

自1949年人民当家作主的新中国成立以来,青岛市、崂山区人民政府投巨资植树造林,筑桥修路,打造景观,维护、修缮庙宇和古迹,修建大小水库等,至1982年11月8日终于由国务院审定,批准成立了特色为"山海奇观,道教文化"的"青岛崂山国家级崂山风景名胜区"。崂山的自然和人文景观颇具吸引力,她值得游,值得记,值得赞,值得宣传。

《诗画崂山》共编入青岛崂山风景名胜区纪行诗词51首及对应的图片。本书从记录、介绍崂山到览胜感受,从山海奇观到文化遗存,从达官墨客到百姓村落,从历史遗迹到时代新貌,皆为游山所见所感。在这里,我们可以一起欣赏大自然赏赐的美景和奇迹,以及前人给予的宝贵人文景观,同时,可以一起见证崂山居民是怎样在党和人民政府的正确领导及惠民帮助下,撸起袖子,战天斗地,迈进新时代,迎接新生活,实现中国梦的!

书中难免有误,敬请读者批评、指正。

王瑞竹

2021年3月15日

目　录

山海奇观

朝廷命官留墨宝，
摩崖大字两米高，
仰对刻石时空越，
人非物是伴松涛。

清代惠龄题刻"山海奇观"①（2011-08-22 摄）

---

① 山海奇观：在返岭后村外，现在的华严寺停车场，一丘形巨岩"砥柱石"上，镌"山海奇观"4 个大字，字径约 2 米，为昔日崂山最大刻石。惠龄题跋刻在"山海奇观"巨岩东侧。文为"余夙闻劳山之胜，兹阅兵海上，裹粮往登，将至华严庵，见路旁一巨石，延袤七丈余，高亦五丈，询之土人，称为砥柱石，余徘徊其下，仰视层峦之岧崒，俯瞰大海之浩瀚，烟云变灭，倏忽万状，真平生之奇观也。因题此镌诸石，兼志其颠，俾后之登是山者，知余屐齿所到焉。乾隆五十六年岁在辛亥春三月，惠龄并跋"。

旭日东升

东升旭日展霞光，
撑起红纱幔帐长。
海面铺来黄金色，
一条大道尽辉煌。

旭日东升①（2012-01-06 摄）

---

① 旭日东升：画面中的巨礁"石老人"为一17米高的石柱，是自然雕琢的艺术杰作，位于青岛市崂山区午山脚下临海断崖南侧，距海岸百米处。"石老人"托腮凝神，晨迎旭日，目送晚霞，潮起潮落，历尽沧桑，已成为崂山石老人国家旅游度假区的重要标志，也是青岛著名的观光景点。

走进崂山

层层碧岭层层淡，
叠嶂重岩万壑喧。
高山峡谷野人少，
深藏福地与洞天。

劈石口岭外岭（2011-10-02 摄）

九水山中

岭外有岭汇天蓝，
远望巨峰尽巉岩。
高树矮丛围绿色，
道旁涧水声潺潺。

道旁涧水潺潺（2013-09-01 摄）

远望巨峰尽巉岩（2014-09-13 摄）

道旁溪水淙淙（2013-09-01 摄）

三清门与崂山山路

老道坟不见，
三清门①还在。
石门乃天然，
巨岩中间开。
羊肠古道穿，
今已野草埋。
出入太清宫，
此道通山外。
崎岖故道窄，
已无行人爱。
三清门北坡，
新路车往来。
上山有索道，
道山也现代。

① 三清门：三清门位于景区公路太清索道站停车场下的山涧内。三清门实际上就是一圆锥状石崮，从中一劈为二，系自然断裂而成，这两块花岗岩巨石对峙而立，纹理对称，呈门状，中可行人。右边门上镌刻"三清门"。是名副其实的古道。太清宫东山路未辟前，三清门为入宫必经之地。旧时进入太清宫，沿着山路行走，穿过此门，才能进入太清宫。自从太清宫的东面，建起了通往垭口的宽敞石板路，这条古道便逐渐废弃。现在三清门附近荒草疯长，藤蔓丛生，石门几乎被湮没，尽管离景区路不过几十米，然而已经不为世人所知。

三清门（2014-01-06 摄）

三清门北坡上的青山口车道（2013-03-04 摄）

鳌山①象形石

鳌首金龟②天梯上，
伏鳌流清河东旁。
金龟探海天苑下，
崂山头③见鳌首藏。

---

① 鳌山：崂山古称劳山、牢山，丘处机来崂山后将此山易名为鳌山。崂山今存有丘处机诗刻：白龙洞丘诗中有"易为鳌山"；上清宫丘诗中有"鳌山下枕东洋海"；上清宫丘诗十首之上的题刻有"鳌山上清宫"。

② 金龟："鳌首金龟"以及"伏鳌"、虎、狮、羊、鹰、仙桃和五指峰等，都是崂山的象形石。

③ 崂山头：传说，崂山是由一巨鳌变来，鳌首就是崂山头（鳌山头），其尾就是鳌山卫（尾）。

象形石"鳌首金龟"(2011-11-23 摄)

象形石"伏鳌"(2014-07-21 摄)

八仙墩①

层层彩纹崖高耸,
点点波光海面平。
崖下水边石墩列,
八墩幸获八仙②名。

仙墩海峤希特景,
险峻嵯峨势尽雄。
碧海、蓝天、悬崖、墩,
八仙疑是经此行。

---

① 八仙墩:位于崂山的东南角,离太清宫有六七千米远。相传,八仙过海由此起
步。八仙墩这里风急浪高,水流湍急,经年浪涛冲击,岬南侧底部逐渐剥蚀镂空,坍落后
成为一片陡立的石壁。坍落的巨石,有10多方,或卧或立,面平可坐,称之为"墩"。"墩"
散落在广阔的石坡上,石坡东侧下插入海,其北侧则峭壁千仞,险峨逼天。石层作五色斑
驳如锈。这里的石墩,石壁均为红、黑、灰、青、白相间,重重叠叠,斑斓绚丽,又被称为"海
桥仙墩",是崂山十二景之一。著名的崂山十二景:巨峰旭照,龙潭喷雨,明霞散绮,太清
水月,海峤仙墩,那罗佛窟,云洞蟠松,狮岭横云,华楼叠石,九水明漪,岩瀑潮音,蔚竹鸣
泉。

② 八仙:中国古代神话中的八仙为汉钟离、张果老、铁拐李、韩湘子、曹国舅、吕洞
宾、蓝采和、何仙姑。

八仙墩（2017-09-03 摄）

钓鱼台①

海天一色天际分，
钓鱼台礁卧海滨。
道人饭罢浑无事，
水月钓翁秋色吟。

太清水月②古今闻，
钓鱼台景不输人。
更有黄冠赋诗镌，
山水仙境并人文③。

① 钓鱼台：在太清宫东南去八仙墩途中，有一巨礁，顶平如台，称钓鱼台。石平面上刻有"一字歌"："一蓑一笠一髯叟，一丈长竿一寸钩。一山一水一明月，一人独钓一海秋。"末署"太谷子 宋绩臣"。镌刻年代不详。
宋绩臣，元朝道士，又名德芳，字广道，号披云，莱州掖城人。
② 太清水月：崂山十二景之一。相传刘墉来到崂山，在被道长留宿太清宫饮酒赏月时，触景生情，挥笔写下了"太清水月"四字。从此，赏月胜景以"太清水月"为名，逐渐为世人熟知。在太清宫看海上月出，别有一番情趣：万籁俱寂，溶溶月色倾洒海面，浮光潋滟，玉壶冰镜。岸边清风掠竹，细浪轻拍，景色幽奇绝伦。
③ 人文：钓鱼台上的诗刻等。

钓鱼台(2013-11-17 摄)

太清宫①

宫前海天景，宫后老君峰。

三殿一字排，君像塑高台。

汉柏凌霄②古，绛雪香云女。

龙头榆首翘，殿东仙人桥。

成吉思汗诏③，太清镇宫宝。

令丘掌道事，崂山兴道始。

九宫和八观④，七十又二庵。

崂山有道缘，洞天布诸山。

---

① 太清宫，又称下清宫，俗称下宫，在崂山东南蟠桃峰下、崂山湾畔。宋太祖为华盖真人刘若拙建道场于此。太清宫现存三官殿、三清殿、三皇殿三院，另有关岳祠、东西客堂、坤道院等。每个大殿都立有山门，并有便门甬道相通，房舍简朴、古拙，基本上承袭着宋代的建筑规模和特色，共占地 3 万余平方米，建筑面积 2500 余平方米。宫中奇花异卉，四时不绝。

② 汉柏凌霄：太清宫三皇殿西侧的汉柏凌霄，树龄 2100 余年，为西汉建元元年张廉夫在初创太清宫时亲手所植。在汉柏上长出凌霄，这一奇景被称为"汉柏凌霄"。

绛雪：太清宫三皇殿前的耐冬(山茶花)被《聊斋志异》作者、大文学家蒲松龄以红衣女子绛雪的化身，写入短篇小说。此树后被命名为"绛雪"。

龙头榆：太清宫仙人桥旁糙叶树，树龄 1100 余年，为五代时崂山著名道士李哲玄亲手所植。古树形状近似龙头，故又称为"龙头榆"。

③ 成吉思汗诏：现嵌在太清宫三皇殿前廊两侧，东西相对的两方元太祖圣谕刻石。圣旨命丘处机"掌管天下道门事务"。

④ 九宫和八观：据志书记载，崂山道教庙宇不止九宫八观七十二庵，还有很多小道庵，如道众云"崂山道观天上星……"

汉柏凌霄、绛雪（2013-03-04 摄）

龙头榆（2013-06-13 摄）

崂山古树名木

崂山太清历史长，古树名木伴庙堂。

花繁树茂品种多，故事传说话沧桑。

汉柏凌霄两千岁，廉夫①植树殿堂阳。

桧柏两株排殿前，二十余米挺直上。

五代道人李哲玄②，亲植唐榆时大唐。

主干虬曲结节突，恰似龙头高仰昂。

三丰③移来山茶花，易名耐冬花芳香。

文学大家蒲松龄，写出香玉名篇章。

三清殿院珍梅艳，品种唯一美名扬。

再看九水大崂观，丘真植树院中央。

崂山木瓜和金桂，还有玉兰与黄杨。

花木一一道不绝，翠绿层叠山岭长。

几多庙宇几兴废，庙中树木照灵光。

此山古树集中地，真真名木博览场。

---

① 廉夫：张廉夫，字静如，号乐山，生于汉文帝九年（公元前171年），西汉豫章郡瑞州（今江西省高安市）人。他是崂山道教的"开山始祖"，一代名道。

② 李哲玄：字静修，号守中子，生于唐代大中元年（847年），唐河南道陈留县（今河南省兰考县）人。公元904年至崂山，953年被敕封为"道化普济真人"。李哲玄卒于崂山，葬于太清宫东山之阳。

③ 三丰：张三丰（1264—?），多种资料显示其寿数不一，有说其寿为330岁。今辽宁省黑山县姜屯镇土城村人。其为金朝、元朝、明朝著名道士，武当派祖师。崂山今存张三丰在崂山明霞洞后山修道的玄真洞遗迹。

古耐冬树,《聊斋志异·香玉》中的花神"绛雪"(2013-03-04 摄)

大崂观丘处机亲植的银杏,树龄已 700 余年(2014-11-04 摄)

石老人

朝迎红日晚别霞，
老人愁思挂念娃。
女儿别来应无恙？
爹爹日夜陪浪花。

石老人①——**浪花**（2021-07-27 摄）

---

① 石老人：《崂山民间故事》中有石老人的故事。一天，龙王将一位渔民美丽聪明的女儿抢、骗进龙宫。可怜的老渔民日夜执着地守候在海边，最后变成了面向大海的石头老人。后来，姑娘寻机冲出龙宫，远远看到老爹，叫"爹"时，龙王施展魔法，将姑娘也化作巨礁。人们始称其为"千里礁"，后叫"千里岛"。

旭日石老人（2012-01-07 摄）

石老人侧观（2017-03-21 摄）

小渔村①

沙子口湾青山村，
崂山东南尽渔民。
披星戴月船出海，
满载鱼虾归渔人。

生猛海鲜跃龙门，
海边交易换成银。
渔船海湾小村美，
疑是仙苑福地真。

---

① 小渔村：在崂山绵长的海岸线上，散落着众多美丽的渔村。

青山村三面环山一面临海，村民种茶捕鱼，一直保持着原生态的生活方式。"鸥队闲云外，人家乱石中。居民浑太古，十石半渔翁。"青山村被评为"中国最美渔村"。

王哥庄会场村一面靠山三面环海，海水盐度在 30 左右。誉满四方的"会场螃蟹"就生长在这里，与其他螃蟹相比，蟹钳长、腹部亮、肉白嫩、积泥少。

沙子口处在崂山风景区内，海滨风光绝美。每天下午都会有很多人在码头等待归来的渔船。渔获一上岸马上就被"抢"光。

雕龙嘴村民居从半山腰一直建到海边，依山就势，错落有致，远远看去呈现出典型的青岛地区民居特点，造就了红瓦、绿树、蓝天、碧海的美丽景观。

仰口小渔村面朝大海，背靠崂山。碧浪轻拍金沙滩，海底美玉绿如墨，白帆点点海云间。

在崂山沿海大大小小的渔村中，上述山村是崂山最美的渔村！

青山渔村牌坊（2017-05-28 摄）

青山村远观（2017-05-28 摄）

青蛙石

田鸡本是淡水蛙，
误入大海错安家。
海水一族融不进，
蹲在海边好尴尬。

青蛙石①（2013-03-15 摄）

---

① 青蛙石：每当崂山旅游车行至此地时，导游都会讲起青蛙石的传说。青蛙石的传说不一。一说是青蛙在月宫犯天规被嫦娥贬至凡界；另说是南海龙王被东海龙王打败，东海龙王罚其变成青蛙守卫海疆，后成为青蛙石……

青蛙石（2014-03-07 摄）

青蛙石所在地——八水河至太清宫海滨（2014-03-07 摄）

龙吟桥

崂山多水涧,新桥频频现。
龙潭瀑大桥①,桥与石建②联。

石建一军官,"五四"勇抢险。
英雄壮烈殉,时值八五年。

暴雨山洪拦,游客难涉潭。
党政军民到,集体壮抢险。

铜像碑上安,名人赋诗镌。
龙潭桥名扬,因有抢险篇。

山路桥为伴,有桥路通坦。
海上仙山美,桥桥是景观。

---

① 龙潭瀑大桥:龙潭瀑又名玉龙潭,位于崂山八水河中游。"龙潭喷雨"是崂山十二景之一。数十条溪水聚成的一股急流,在高约30米的崖顶上,平直地冲出数尺,在半空中飞旋了几个曲折后,顺着峭壁跌入崖下碧潭,宛如玉龙,呼啸而下,击得潭中水花四溅。"龙潭瀑"下的深潭取名"龙潭"。1995年8月14日,崂山龙潭瀑"龙吟桥"竣工,替代了以往雨水时节交通不便的漫水桥。

② 石建:1985年5月4日,驻青岛海军一机校战士石建等解放军官兵和青岛市部分干部、职工及公安干警,在崂山龙潭瀑洪水突然暴发、游人生命安全受到严重威胁的关键时刻,挺身救人,谱写了一曲英雄赞歌。石建为人民献出了年轻的生命。1985年12月30日,青岛市举行了抢险英雄群体纪念碑揭幕仪式。

位于龙潭瀑前的龙吟桥（2013-09-17 摄）

龙潭瀑及石建铜雕像（2014-07-24 摄）

上清宫词刻①

深山僻境有仙苑，
绿树清泉多巨岩。
竹绕岩石遮镌刻，
宫②墙外面觅岩难。

寻找镌刻已三天，
又是夕阳要落山。
借问丘真词刻地，
工人③笑指竹林间。

---

　　① 　上清宫词刻：上清宫东院墙外，斜对面的石崮上，镌刻的是丘处机《青玉案》词一首。词刻前的序为"长春真人于大安己巳年(1209年)胶西醮罢，道众邀请来游此山，上至南天门，命黄冠士奏空洞步虚毕，乃作词一首名曰《青玉案》"，以及"又作诗十首，刻在别石"。这处石刻是研究崂山道教的重要资料之一。所谓的"别石"即宫外西北角的鳌山石。鳌山石形状如同圆丘，石上横刻"鳌山上清宫"五个大字，竖有长春真人十首诗的全文，其中"陕右各山华岳稀，江南尤物九华奇。鳌山下枕东洋海，秀出山东人不知"对崂山评价极高。
　　② 　宫：指上清宫。
　　③ 　工人：崂山保洁员。

上清宫外(2013-09-17 摄)

竹绕岩石遮镌刻(2013-05-31 摄)

明霞洞①

明清石刻洞额岩，
记事诗歌圣谕全。
洞陷宫②存洞名在，
明霞散绮③绚年年。

明霞洞的洞额题刻（2011-11-23 摄）

---

① 明霞洞：位于太清宫北约 3 千米处，在上清宫北玄武峰近山巅处。洞已塌陷，洞顶巨岩已经部分埋入地下，接近地面处可见原洞额"明霞洞"题刻。岩壁上刻有《孙真人紫阳疏》。洞左边的道院就是道教全真金山派的开山祖庭"明霞洞斗母宫"。元代、明代曾有不少道教名人在此清修，他们是丘处机、郝太古、孙不二、张三丰、孙玄清等，其中以张三丰在此修炼的时间为最久。

② 宫：明霞洞斗母宫。

③ 明霞散绮：是崂山十二景之一。明霞洞竹树葱茏、绿荫掩映。明霞洞背后石峰耸立，山高林密，前望群峦下伏，峭壑深邃，每当朝晖夕阳，霞光变幻无穷。

明霞洞刻石（2011-11-23 摄）

明霞洞的洞前殿宇（2013-09-17 摄）

天门峰

当年丘①临天门峰②，
后人沿路赴太清。
古往今来八百载，
萧瑟秋雨又春风。

故道石刻苔藓封，
盘山公路今日通。
一声召唤活起来！
山民同奔中国梦。

---

① 丘：丘处机(1148—1227)，亦作邱处机。金道士，道教全真派北七真之一。
② 天门峰：从流清河村东的山涧可遥见两座高峰东西相对，这就是著名的南天门，又称天门峰。南天门之北的山谷为天门后，有山路通上清宫、明霞洞、巨峰等。据记载，金卫绍王大安元年(1209年)，全真道士丘处机应崂山道士的邀请，带领弟子们乘船在流清河湾下船，经天门洞登上天门峰，并大书"南天门"三字，镌刻在天门峰。与此行有关的丘处机词一阕，名《青玉案》，刻于上清宫外一巨岩上。

天门峰（2014-05-17 摄）

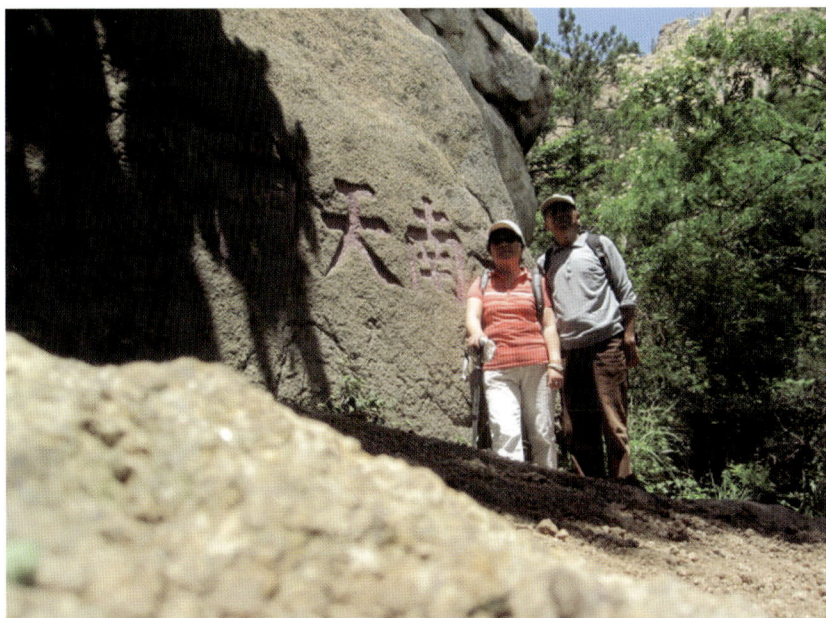

南天门（2014-06-14 摄）

法显崂山登陆纪念

东晋僧法显①，
取经上西天。
历经三十国，
虽苦见闻多。
后著《佛国记》，
佛事地理齐。
法显崂山驻，
取经后登陆。
法显及玄奘，
取经终生忙。
佛教入中国，
二人辛苦多！

---

① 法显：法显于东晋隆安三年(399年)自长安出发往天竺求佛经，经历30余国，至义熙九年(405年)回到建康，根据在各国的见闻，写成《佛国记》。书中记载了中国与印度、巴基斯坦、尼泊尔、锡兰等国的交通史料，是我国现存有关海外交通的最早的详细记录。此书在佛经内典中称为《历游天竺记传》或《法显传》。清丁谦有《佛国记地理考证》一卷。法显崂山登陆纪念雕像和《佛国记》石刻位于华严寺停车场内。

法显崂山登陆纪念（2014-09-01 摄）

华严寺①

年少崂山忙采风，眼前佛寺半山中。

竹松绕寺山门高，石坡漫上静悄悄。

紫色门匾肃穆森，华严寺刻已褪金。

跨入山门环四顾，荒草残壁老尼姑。

今日重游华严寺，面目全非路不识。

改革开放国民富，华严佛寺已修复。

高大观音雕像塑，华藏世界山门竖。

洞天福地隐华严，海上名山是胜苑。

---

① 华严寺：原名华严庵，明万历三十三年（1665年），即墨黄宗昌御史去官归里，同淮提庵慈霑和尚在崂山那罗延窟东北创建未成。黄坦复与慈霑游窟东滨海处修建，布局依山傍海成四进阶梯式，由低而高依次为僧舍、天王阁、正殿、大殿。第二代主持法号善和，原名于七，享年113岁，生前创立螳螂拳。之后有即墨东关帝庙和尚能义等任主持。1931年华严庵更名华严寺。华严寺于400年间，屡经破坏、修复。清乾隆年间曾遭大火，后殿及祖堂焚毁殆尽，终由源洽和尚募资修复，所幸其中元明抄本册府元龟已由青岛市博物馆先行保存。

改革开放以后华严寺不断得到修复。1999年崂山区风景管理委员会斥巨资，新增至华藏世界门及通达那罗延窟之盘山石道、法显浮雕、东海观音、僧众塑像壁画，更呈异彩。2008年又先后对华严寺周边环境进行优化整治。至此，古华严寺又复焕发青春，再度成为崂山一大景观名胜。

华藏世界(2013-02-16 摄)

华严寺山门(2013-06-17 摄)

棋盘石

棋盘石①上棋盘清，
道人博弈论输赢。
为钱为名为助兴？
谁能逃避离市井！

棋盘石顶（2013-02-15 摄）

---

① 棋盘石：在明道观之南 500 米许，有一巨石孤峰，顶部平坦，峰西突出，下临深渊，此即著名的"棋盘石"。巨岩顶面刻有一个双线勾勒的"十"字，长宽各 1 米左右，中间方形边宽约 70 厘米。《崂山志》载："是道家拜星斗的方位图。"棋盘石是崂山的著名景点。

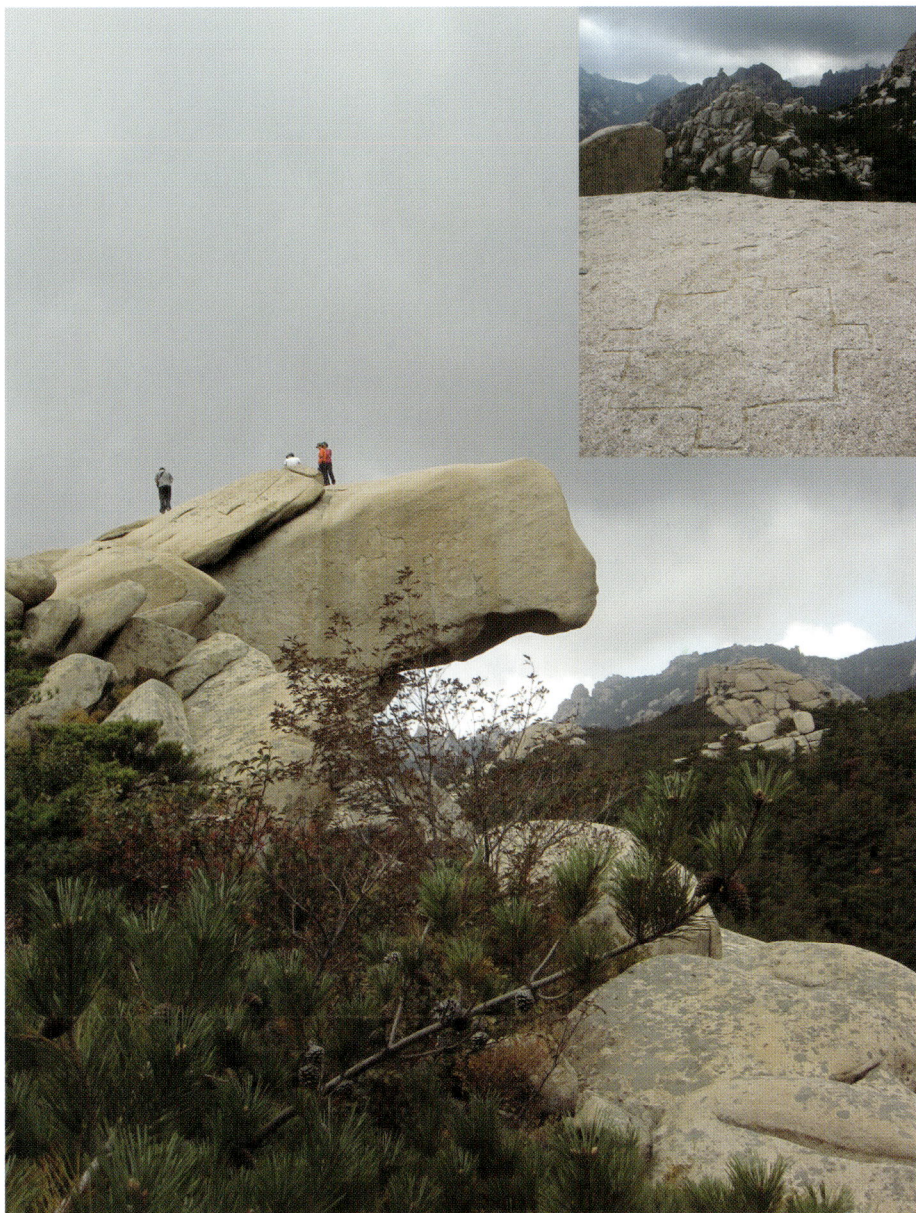

棋盘石及其顶部棋盘(2013-10-19 摄)

崂山恋

清泉绿树竹林间，
摩崖巨岩诗词镌①。
山海奇观人文蕴，
满眼新奇真流连。

---

① 诗词镌:《崂山志》记载，1979 年，青岛市成立"崂山风景点恢复领导小组"，组织专人恢复和增刻崂山的摩崖刻石，初步查得残存摩崖刻石及题刻 121 处。1980—1982 年增补刻石 106 处，合得 227 处。另外，在山区偏远处仍有刻石数十处未能勘察修复，共计崂山之刻石为 270 余处。20 世纪 90 年代以后，随着崂山的旅游开发，又陆续增加了一些新的石刻。《崂山区志》(2008 年版)载:"至 2005 年共有 378 处。另外，喜好登山者，在崂山新发现抗战石刻、庙宇石刻、地界石刻等 29 处。"(以上石刻数字，包括题刻、题名、题记、画刻和诗刻等。)

九水晨曦（2013-09-01 摄）

戴家山竹子庵（2014-03-11 摄）

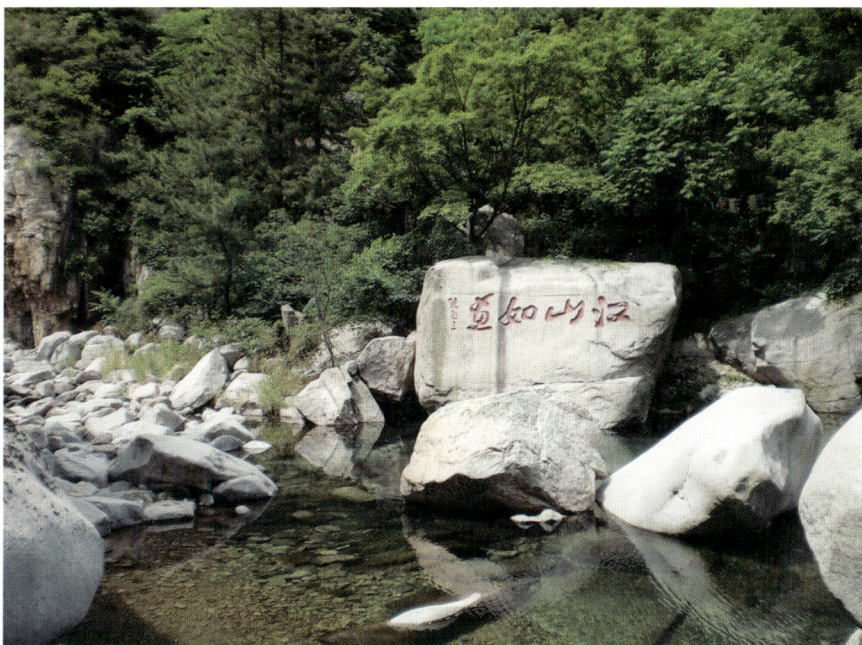

北九水四水无极潭（2013-06-15 摄）

白龙洞

仰口白龙洞①，
巨岩天然顶。
传说见白鳝②，
据此洞名现。
洞额石壁光，
岩面刻诗行。
七绝二十首，
浑圆道气柔。
文采真拔萃，
辞藻意境美。
诗出丘处机，
洞名周鲁题。
白龙洞名扬，
八方来宾访。

---

① 白龙洞：下狮子峰，仙人桥北，有洞名"白龙洞"，为丘处机修真处，是由一块长约
18 米、宽约 12 米的椭圆形巨石扣压在 5 块鼓形的圆石上组合而成的天然石洞。丘处机
不仅修行有道，而且博学多才、能诗善画，当年来到崂山，曾在白龙洞修行过一段时间，并
在洞额上方的岩壁上留下了 20 首咏颂崂山风光的诗作。"白龙洞"3 个字是明代山东武
举周鲁题写的。

② 白鳝：民间有关于在白龙洞见到白鳝的传说，白龙洞由此得名。

白龙洞（2013-10-09 摄）

狮子峰

犹龙洞下太平宫，
闻名仰口寿字峰。
若数天然象形物，
狮峰占尽上苑风。

狮子峰①（2017-08-20 摄）

---

① 狮子峰：位于太平宫东北，几块巨石相叠，侧看成岭，竖看成峰，状若雄狮，横卧在苍茫云雾中，海风吹来，白云宛若游龙，翩若惊鸿，在阳光的照射下，景色十分绚丽。

"狮岭横云"是崂山十二景之一。在狮峰观罢日出，趁晓雾未开，可尽情地领略"狮岭横云"的妙趣。

狮子峰北侧（2013-06-20 摄）

狮子峰东侧（2013-06-20 摄）

犹龙洞

上苑山坡东，有洞名犹龙。

犹龙洞额岩，题词并刻镌。

紧靠犹龙洞，刻石道德经。

老子①五千言，道学之经典。

阴阳辩证雄，哲理蕴其中。

老子是道祖，经文传五湖。

---

① 老子:(约前571—前471)，李耳，字伯阳，谥号聃，楚国苦县人，哲学家、思想家，道家学派创始人，曾在东周国都洛邑任守藏史。传说老子乘青牛西去，著有《道德经》。《史记》记载，孔子曾问礼于老子，"谓子曰，吾今日见老子，其犹龙邪!"

犹龙洞（2011-09-30 摄）

太清宫雕塑"孔子问道于老子"（2017-05-29 摄）

太平晓钟

绿塘荷花红，
北有太平宫。
环山绿树绕，
太平晓钟鸣。

钟侧石碑耸，
太平晓钟醒。
"誓卫镇宫宝①，
除非黄冠㩴！"

---

① 镇宫宝：指太平晓钟。太平宫原钟遗失，原刻有文字的钟亭石柱也已不见。现
置之钟由今即墨市天后宫移来，重343千克，为光绪十八年无锡南门许和记造。

太平宫山门（2011-10-12 摄）

太平晓钟碑（2011-10-12 摄）

太平晓钟（2013-06-30 摄）

仙桃①

疑是天宫落碧桃，
仙桃挺立半山腰。
原是大圣上苑过，
偌大仙桃人间抛。

---

① 仙桃：仙桃石位于崂山仰口风景区上苑山半山腰。传说孙悟空偷吃王母娘娘的
蟠桃，随后，顺手把大小蟠桃装好，要带回花果山让徒儿们分享。在孙悟空腾云驾雾路过
崂山仰口上苑山时，一个仙桃掉落下来。斗转星移，沧海桑田，那蟠桃就变成我们今天看
到的仙桃石了！

仙桃石（2011-11-02 摄）

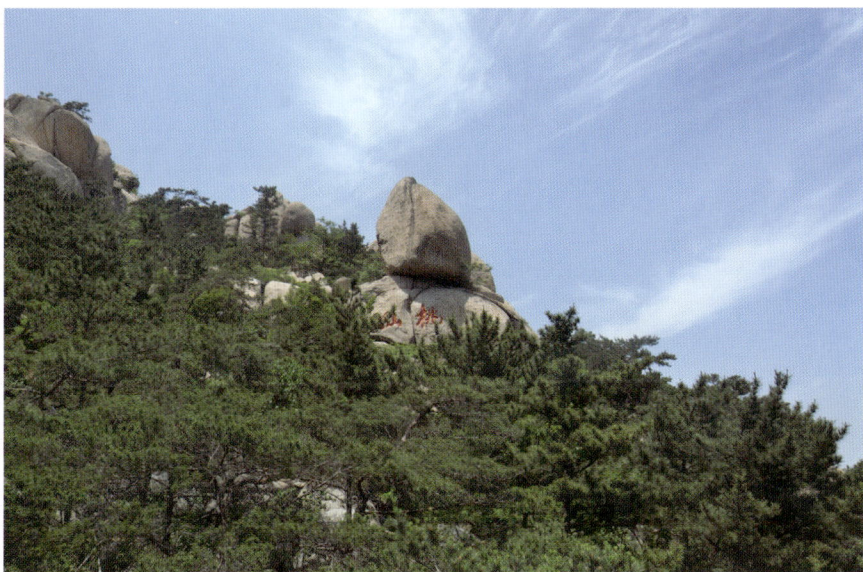

仙桃石（2018-05-30 摄）

太平峰①

太平峰崖,寿刻连连,器宇轩昂。

望开篇寿刻,欧阳询字;

高达廿米,天下名扬。

看寿群中,柳欧颜赵,隶篆端庄魏草旺。

高昂首,细细观笔势,笔笔生光。

上苑题刻长廊。镌"天下第一"大寿旁。

太平峰寿字,安知多少;

虽游数趟,真不知详。

今日观览,查出准数,卅又七个寿字藏。

第一寿,大字华夏最,太平峰阳。

---

① 太平峰:登上青岛崂山仰口上苑山太平峰(俗称寿字峰),首先会发现那个最大的寿字,堪称"华夏寿字之最",寓意为"高寿、长寿、大寿、万寿"。摩崖"寿"字镌于仰口游览区上苑山太平峰海拔300多米处山体崖壁上,字高20米、宽16米。该字取自唐代欧阳询所书《九成宫醴泉铭》,于1993年9月将此字刻制而成。

在大寿字旁,刻有中国书法家协会前主席沈鹏命笔的"天下第一寿"五字。编者在仰口游览区太平峰石壁上共找到37个刻石"寿"字。有欧、柳、颜、赵四大古体以及沈鹏、启功、武中奇、刘炳森、韩绍玉、黄苗子等现代书法名家的书体墨迹。魏、隶、篆、草等多种字体的寿字,在太平峰的岩壁上形成了群"寿"刻石景观,远远望去,群寿辉映,气势磅礴。

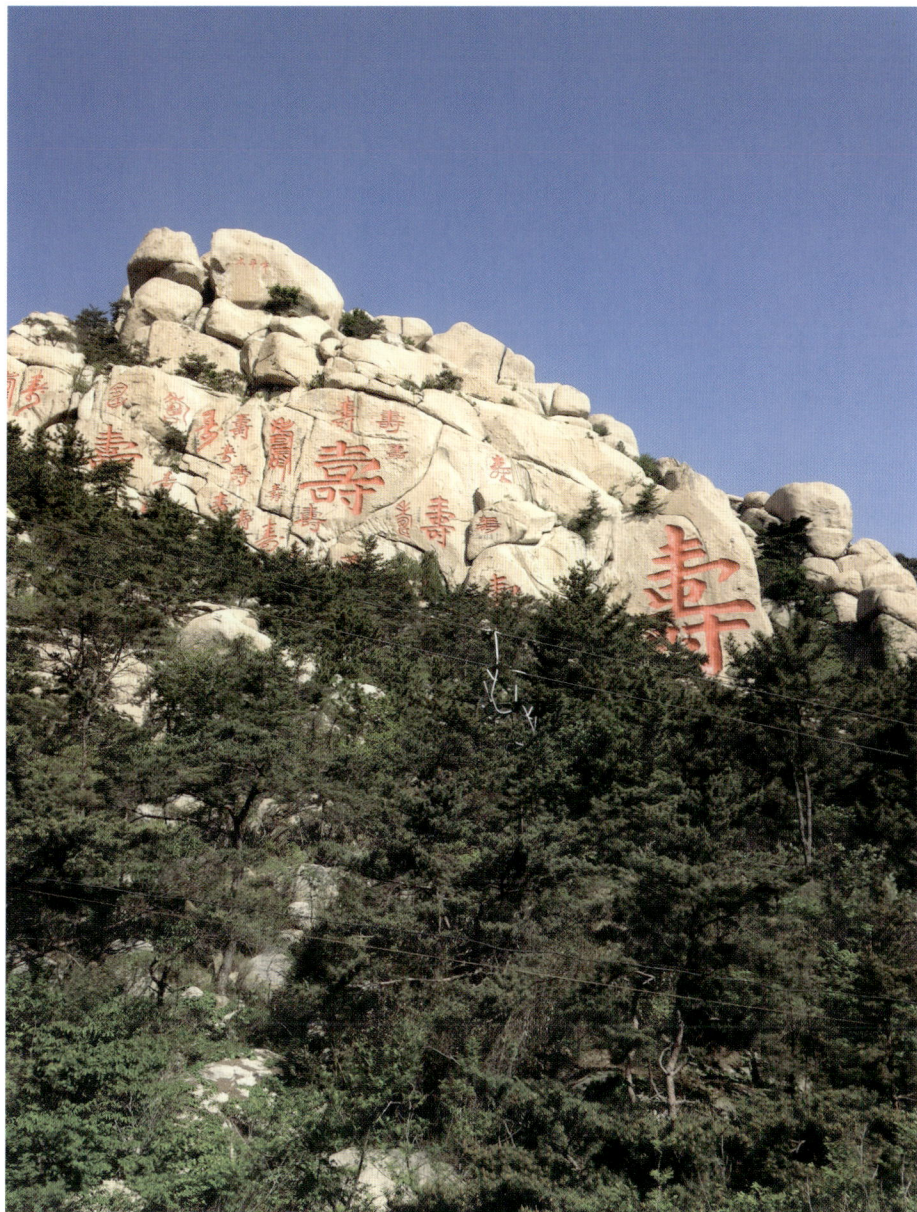

仰口上苑山太平峰(寿字峰)(2016-05-04 摄)

觅天洞①

崂山仰口上苑峰，
咫尺天涯②在洞顶。
觅天洞上是天苑，
进洞攀顶旋转升。

时而弯腰时立行，
难于攀楼高五层。
神龟探海③四环顾，
又一天西大海东。

---

① 觅天洞：觅天洞在崂山北路的仰口景区上苑山顶，可以乘索道上山；也可以沿石阶路登山游览。如果乘索道，从上苑山顶终点站，沿着石阶路继续上行，便可看到觅天洞。洞口在两块巨型山岩的夹缝下方。觅天洞是好多块巨石叠架而成的天然奇洞。洞高 100 多米，构型奇特，别具一格，既不像石灰岩溶洞那样千篇一律，也有别于其他花岗岩洞窟，能一目见底。觅天洞奇就奇在自下而上共分 5 层，洞内盘旋曲折、奇特古怪、惊险迷离，可谓集奇、幽、险、趣等于一身。进洞之后，游客需根据洞内的结构，钻、爬、挪、越等，否则难以向上攀登。出了洞口，就是上苑山顶了，是一处难得的观景地。过了"步云桥"，似乎天就近在咫尺了。

② 咫尺天涯："咫尺天涯""天苑""又一天"皆为上苑山顶的题刻。

③ 神龟探海：象形石"神龟探海"位于觅天洞上方。

上苑山题刻"又一天"

觅天洞上部的象形石"神龟探海"（2013-06-30 摄）

上苑觅天洞（2013-06-30 摄）

觅天洞鸟瞰仰口海湾（2013-06-30 摄）

二仙山①

白云洞东二仙峰，
顶峰仙台紫雾萦。
至仙尚需三步紧，
悬崖万仞亮红灯。

二仙山（2014-06-28 摄）

---

① 二仙山：镌刻于白云洞东南二仙山上，该山巅之崖壁上刻有一个大"仙"字。"仙"字前有一平台，人称会仙台。比会仙台低的另一块岩石上，刻有"三步紧"，顾名思义，想要上到会仙台，必须爬这山巅凌空处倾斜 60 度许的"天梯"，再向左急走一步、两步，大约三步就能踏上三面是深渊的会仙台——"仙"字的位置了。

二仙山顶鸟瞰(2014-06-28 摄)

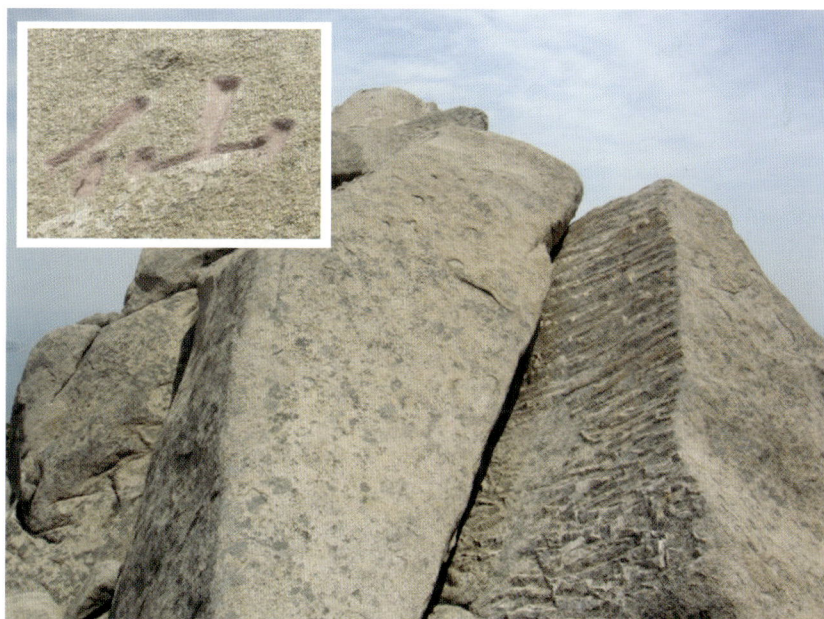

仰望二仙山顶聚仙台(2014-06-28 摄)

白云洞①

二仙山西白云洞，
一行师生来写生。
身背铺盖挎画板，
竹林白云道人迎。

今日老翁来摄影，
重访此洞亦叙情。
白云白兰木梨在，
只是老翁匹马行。

① 白云洞：位于华严寺西北，太平宫西南3.5千米处，海拔400多米，风光绮丽，别具一格。

"云洞蟠松"是崂山十二景之一。白云洞由巨岩架成，左为青龙石，右为白虎石，前为朱雀石，后为玄武石。洞顶名为"华盖"的古松，势如腾龙，绿荫舟舟，覆盖全洞。

木梨,130 年树龄(2014-06-28 摄)

白玉兰,220 年树龄(2013-03-02 摄)

白云洞(2013-03-02 摄)

九水①

海上仙山遍清泉，
九水汩汩二九弯。
涧水星罗石卵巨。
青松绿满涧两边。

九水未封潭（2013-07-27 摄）

---

① 九水：九水分内九水、外九水（即北九水）和南九水三路。外九水共有9道弯，涧
水遇峰必折，形成一处景观。内九水同样有9道弯，涧水折处旋成深潭，称为九水十八
潭，各具特色。
"九水明漪"是崂山十二景之一。北九水的景观最为著名，是崂山风景区的一条旅游
主线，新的九水更加体现了"九水十八潭"的自然风貌。

得鱼潭（2017-07-27 摄）

外九水河西村松涛涧（2013-08-11 摄）

蔚竹观[①]

拾级探路伴鸣泉，
曲径通幽觅道观。
翠竹山隈僻远处，
深藏洞府蔚竹庵。

蔚竹观（2013-09-01 摄）

---

① 蔚竹观：原名蔚竹庵，在北九水村东北的凤凰山下，位于海拔550米高处。2004年"重修九水蔚竹庵碑记"记载，蔚竹庵经崂山风景区管委会出资重修后，更庵为观。

拾级探路听鸣泉（2013-06-15 摄）

曲径通幽觅道观（2013-06-15 摄）

蔚竹鸣泉①

巨灵劈山天堑生，
涧水汩汩沟壑行。
水侧石阶贴崖壁，
林荫遮径奇幻增。

蔚竹道观尚未逢，
已是泉流翠竹迎。
道人洞天人间落，
鸣泉蔚竹仙境中。

---

① 蔚竹鸣泉：崂山十二景之一。

翠竹（2013-06-15 摄）

涧水汩汩（2013-06-15 摄）

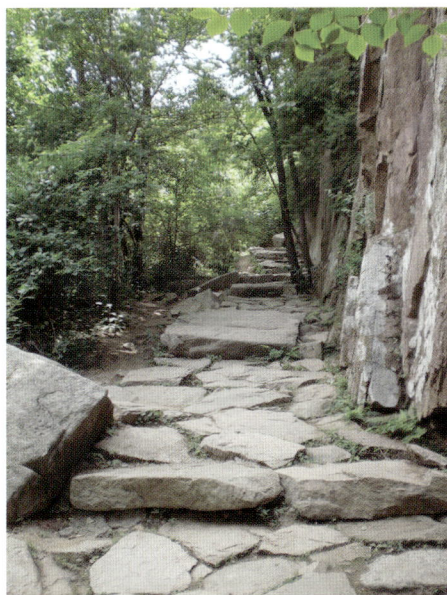

石阶贴崖壁（2013-06-15 摄）

潮音瀑①

靛港湾上潮音瀑，
宣泄击崖爆花雾。
水流直下入清潭，
恰似海潮音不住。

崂山泉水资源富，
瀑布清潭连水库。
先看九水十八潭，
美景纷繁不胜数。

---

① 潮音瀑：原名鱼鳞瀑或玉鳞瀑，因其声似潮涌，自 1931 年始更名。
"岩瀑潮音"是崂山十二景之一。潮音瀑是北九水的尽头，四面峭壁环绕，东南高壁裂开如门，瀑布从此泻下，山谷轰鸣，声如澎湃怒潮。

北九水潮音瀑（2013-07-27 摄）

劈石口[①]

象形莲花瓣，
南北岭上站。
两片天然开，
小石大景观。

---

① 劈石口：在北宅镇东北6.5千米处，位于崂山王哥庄街道与北宅街道交界处的南北岭山口，西为慧山，东为锥儿崮，中通一径，海拔250米。在劈石口，西望石门、华楼，村落烟峦，逶迤蜿蜒；东望大海，与天浮动，恍如置身仙界。此处原为天然山口，有小路可通。1930年修建大王（大崂观至王哥庄）公路，山口拓宽至7米。1970年重修公路时，又加宽2米。山口南侧有一独立巨石高7.8米，由中间自然劈开，故称"劈石"。劈石中间有一道裂口，上口宽2.7～2.8米，下口底部宽30～40厘米，可走行人。劈石之西一半刻有"劈石天开"，四字田字形排列，倒读、环读均能成句，称为"回文"。

劈石口的劈石（2011-10-02 摄）

华楼山

太清宫路通，
华楼峰热①退
道人墨客寥无几，
犹有题刻碑。

石刻静闲立，
石书久无摧。
传统文化需用时，
又把信息给。

---

① 华楼峰热：元代时，华楼山就成为来崂山的达官文士必到之处，现在华楼景区仍然是崂山的题词刻石保存数量最多的地方。据说，明代山东巡抚赵贤曾题"海上名山第一"镌于此景区。

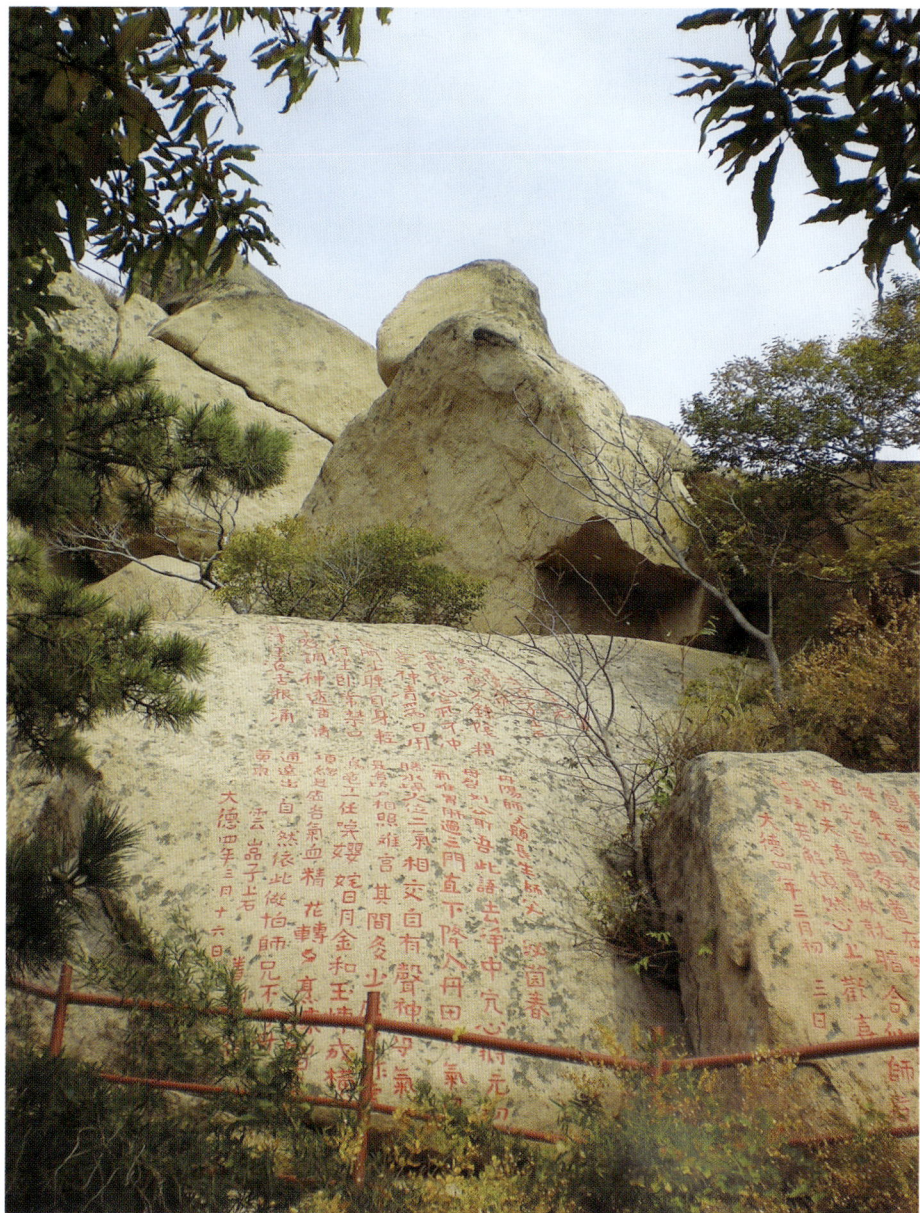

华楼山灵烟崮元朝刻石（2011-10-31 摄）

华楼峰①

道观华楼宫,山门开向东。
宫东松树山,名曰华楼峰,

浓绿松山顶,叠石一层层。
巨大叠石柱,竖直向天冲。

蓝天青山捧,奇特又恢宏。
华楼十二赏②,此景排头名。

---

① 华楼峰:矗立华楼山顶东部的一座方形石峰,高 30 余米,由一层层岩石组成,宛如一座叠石高楼耸立晴空的"华楼",又称"华楼叠石"。华楼峰异石突起,犹如华表,也称"华表峰",古称"聚仙台",又名"梳妆楼",是崂山十二景之一。

② 华楼十二赏:华楼山位于崂山水库南岸,海拔 408 米,地势高爽,有仙境般秀丽的风光。元代尚书王思诚曾品评有华楼十二景。

华表峰（2011-11-01 摄）

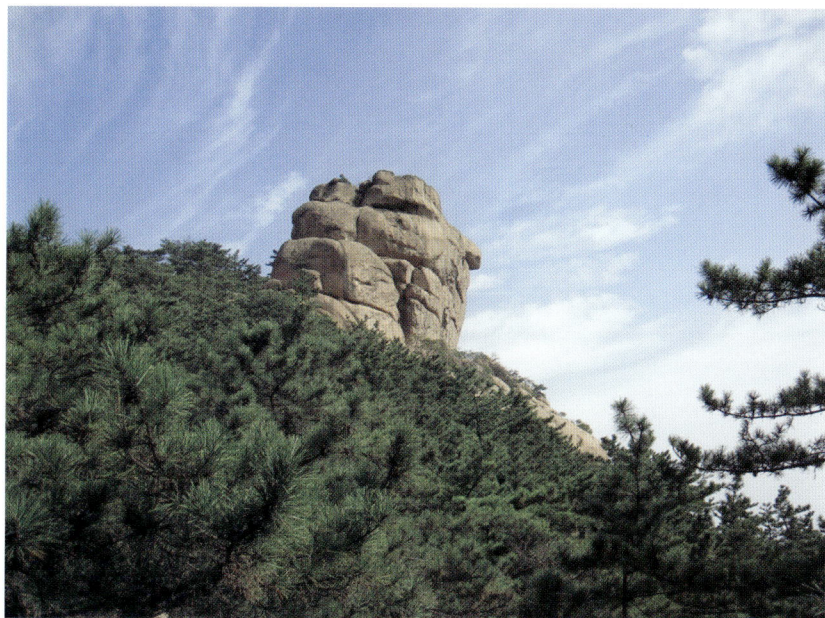

华表峰（2013-09-18 摄）

凌烟崮[①]

灵烟萦绕坚崮峰,紫气东来华楼宫。
崮上云岩子棺在,崮下墨客留丹青。

八百年来山雨风,人文历史遗迹恒。
华楼名人故事多,灵岩坚固幻境生。

---

① 凌烟崮:登上华楼山,自华楼宫西行 100 余米,便可抵凌烟崮。站在崮顶,南望石门峰,北瞰崂山水库,东看群峰耸立,西赏庄园隐现,远近高低仙山风光、人文景观尽收眼底。

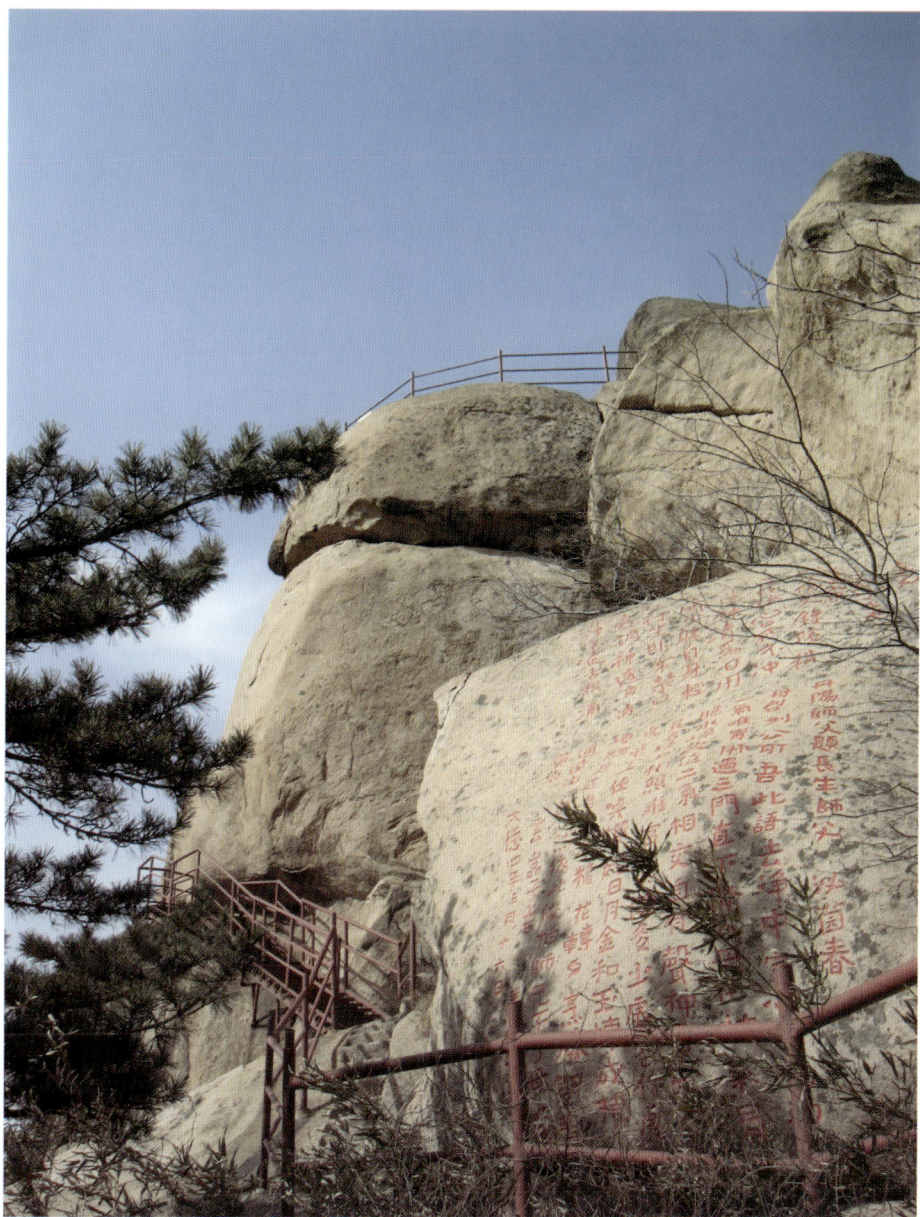

华楼山凌烟崮（2013-03-07 摄）

玉女盆①

仙岩玉女盆，
故事传说闻。
玉皇小女临，
梳洗理云鬓。

天然玉女盆，
墨客丹青存。
岗上蓝天下，
飞仙幻境真。

---

① 玉女盆：位于翠屏岩西北之巨岩坡上。"玉女盆"是一天然石坑，状如盆，长径约270厘米，盆中时而有水。传说，此处曾是玉皇大帝女儿沐浴的地方。

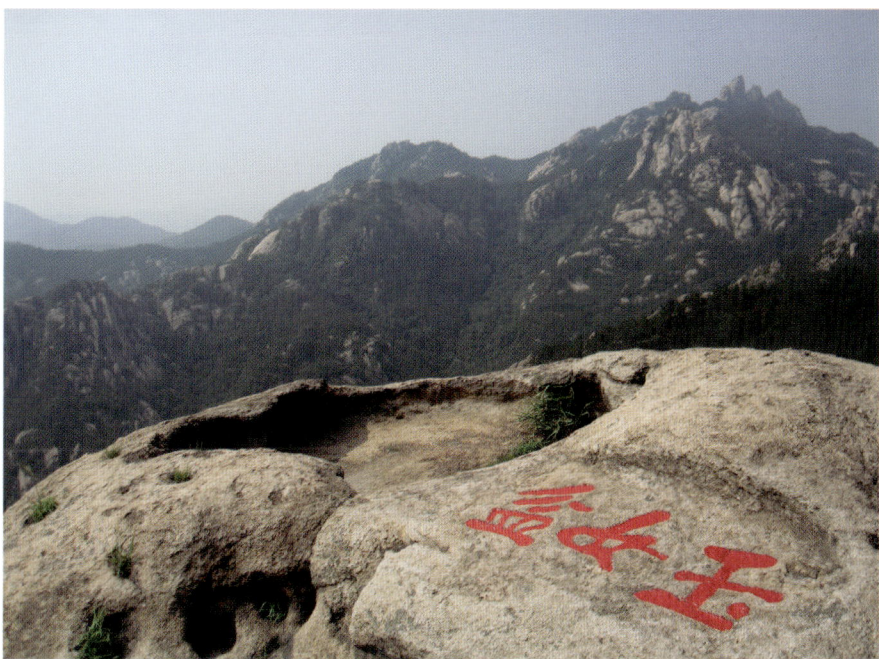

华楼山玉女盆（2013-07-17 摄）

黄石洞①

华阴黄石洞，道宫无踪影。

石龟洞前卧，双柏还笔挺。

黄冠曾流连，文人留丹青。

岩面多石刻，题词诗歌咏。

下黄石崖壁，题记千字盈。

道人墨客去，如今道山宁。

石洞石雕在，石书字句清。

---

① 黄石洞：黄石洞在华楼山之北，位于华阴北山的山腰，北倚王乔崮，峰峦重翠，南临崂山水库，湖光波影。黄石洞为天然石洞，分上、中、下三处。下黄石洞前有平台，是黄石宫故址。宫建于元代，分三院，明代黄宗昌《崂山志》记有："从洞中过为下黄石，庙前古柏甚伟。"黄石洞摩崖刻石颇丰，有隶书、楷书，笔锋遒劲，最长者1000余字，最短者仅2字。

华阴北山黄石洞（2013-03-29 摄）

黄石洞前石龟（2011-11-03 摄）

竹子庵

竹子庵①隐戴家山，
翠竹青岩题词镌。
漫步竹林牌坊下，
袭来清爽欲飘仙。

---

　　①　竹子庵：竹子庵院内《玄阳观重修碑记》文为："玄阳观又名竹子庵，位居崂山余脉戴家北山之阳，依山势而立，借风水而作，拥泉揽翠，居高临下，负阴抱阳，聚气以和，殿前古银杏参天覆地，环周翠竹常绿常青……公元二零零二年，李沧区人民政府列该观为首批重点文物保护之单位，民众对其情结难舍。近来重修呼声日高，值兹昌明盛世，政府顺应民意筹资修复，各界慷慨善助，共筹善款一百八十一万元。公元二零零六年十月，择吉即地重修。新修殿堂十间，厢房六间，塑神像一十八尊，历时半年而告竣。红墙灰瓦、雕梁画栋，旧颜复新，重现辉煌。兹次重现延是观初创之形制，持文物修旧如旧之原则，局部略作调整，使其更合时代之需求。今竣工之日，乃弘扬传统文化，彰显中华文明，昭示盛世伟业，答报民心众意之时。幸甚！特勒碑以记之。"

竹子庵（2013-10-04 摄）

"竹子庵"牌坊（2013-10-04 摄）

竹子庵"道隐无名"牌坊（2018-05-30 摄）

大崂山[①]

戴家山涧东上攀，
山脊巨岩地标镌。
崂山、李沧和城阳，
一步可将三区转。

行政区划分崂山，
崂山岂止三区占。
余脉伸到市区县，
大青岛有大崂山。

---

① 大崂山：本书序言介绍，崂山位于山东半岛南部的黄海之滨，距青岛市中心约40千米。崂山东部和南部濒临大海，她以巨峰为中心向四方延伸，有巨峰、三标山、石门山和午山四条支脉。余脉沿东海岸向北至即墨的东部，向西至莱西抵胶州湾畔，向西南延伸到青岛市区，形成了市区跌宕起伏的丘陵地形和十余个山头。

戴家山(崂山、李沧、城阳,1997)三标石题刻(2014-03-11 摄)

天眼

山外有座于姑庵^①，
天眼地眼是庵缘。
风水宝地皇钦定。
下令兴修"黄德庵"。

太宗修庵贞观年，
崂山佛寺院又添。
鳌山奇幻多景点，
天眼独奇又一观。

---

① 于姑庵：现在称为青岛观音寺，列崂山"九宫八观七十二庵"之中，原名"黄德庵"
即"姑姑子庙"，始建于唐朝贞观年间（公元627—649年）。相传，唐太宗李世民为稳固基
业，找风水先生为唐朝寻太平天下四大擎天柱：皇、儒、佛、道，结果在青岛市错埠岭东南
找到了崂山的天眼和地眼。李世民很高兴，下令择吉日在此盖庙，并御赐寺名"黄德庵"。

天眼·唐太宗钦定风水宝地（2013-10-31 摄）

青岛观音寺（2015-01-01 摄）

鹤山

观游鹤山①比华楼，
底蕴深厚史悠久。
元代明朝人兴旺，
堪比鳌山观宫幽。

---

① 鹤山：《重修鹤山遇真宫碑记》文为："鹤山海拔 220 米，钟灵疏秀，甲于诸山，为历代文人墨客所称道，尝有'游崂山不游鹤山乃为憾'之谓叹。……今逢盛世，百业俱兴，鳌山卫镇政府审时度势，展宏图，创大业，以旅游为龙头，开发鹤山，于戊寅年（公元一九九八年）秋重修遇真宫。历一年寒暑，宫观告竣，文物重光，遂成游览之胜境。山光海景，鹤翔松萃，文化古迹，名士遗风，蜚声遐迩。"

鹤山沐浴盆(2014-07-27 摄)

鹤山遇真宫(2011-11-03 摄)

崂山与历史名人

西晋高人至崂山①，高阳刘等题名镌。
汉隶余韵魏碑体，书法历史见一斑。

秦朝始皇游崂山，巨岩②记时廿八年。
往西三游琅琊台，亲临立碑③留遗产。

汉武大帝至崂山，不其敕封尹府④颁。
太始四年夏四月，汉书明确载时间。

唐宋元明到今天，名人络绎访崂山。
仙山天涯地角背，却有八方名人缘。

---

① 西晋高人至崂山：西晋石刻为崂山最古老的摩崖石刻，在崂山区沙子口镇石湾村北山之烟台顶。两处石刻相连，皆为晋太安二年（303年）镌。从粗犷书刻中见出汉隶之余韵，并已向魏碑体转化。一处为"勃海朱泰武/晋太安二年岁在癸亥/平原羌公烈"，共三行。另为"高阳刘/初孙/晋太安二年/魏世渊"，共四行。

② 巨岩：镌刻着"始皇帝二十八年游于此山"的近代石刻巨岩位于太清宫东山坡老子路的路旁，该巨岩镌字面已翻滚朝下。

③ 亲临立碑：秦始皇游琅琊台所留石碑残石已被中国国家博物馆收藏。（详见2016年第12期《青岛文学》孟庆泰口述：《几经长啸看吴钩》。）

④ 不其敕封尹府：汉武帝敕封后汉不其尹童府君墓碑（残）现保存在城阳宫家村童真宫不其文化陈列第一陈列室［汉朝大德四年汉武帝来不其（今城阳一带）］。

琅琊台秦始皇雕像（2013-11-15 摄）

太清宫老子路"始皇帝二十八年游于此山"题刻巨石（镌面已朝下）（2014-06-23 摄）

崂山

山海奇观,道教名山,名扬中华。

望仙山海上,层层绿帐;

崂山峰顶,巉岩悬崖。

瀑布山泉,蓝天绿树,洞天道人餐紫霞。

登顶看,云海没众山,目楚天涯。

仙苑幻境崂山,墨客踏访皇帝幸驾。

昔秦皇汉武,连连巡幸①;

唐宗宋祖,诏喻②颁发。

一代天骄,成吉思汗,谕旨③丘真掌道家。

道山赚,帝王钦游地,鳌甲天下。

---

① 巡幸:秦始皇(前259—前210)统一中国后,曾数次巡视天下。现存有位于太清宫老子路路边的清末民初题刻"波海参天",下刻"始皇帝二十八年游于此山"。

汉武帝(前156—前87),西汉皇帝。据《汉书》记载:"汉武帝太始四年夏四月,幸不其,祠神人于交门宫。"不其即不其山(今城阳一带)。

② 诏喻:孙昙,唐代道士,天宝二年(公元743年),奉唐玄宗之命到崂山采炼仙药。在崂山招风岭前明道观之南石壁上镌"敕孙昙采药山房"。另一处是成篇刻石,可惜已漫漶不清,大意是:唐天宝二年三月六日,奉命采仙药的孙昙在崂山发现了仙药。

宋太祖建隆元年(960年),太清宫道长刘若拙奉宋太祖召入京谈玄论道,赵匡胤大悦,敕封华盖真人,赐以巨资回山修建道场。刘若拙回山后,重修了太清宫,新建了"上清宫",并遵太祖旨意建"上苑宫",定名"太平兴国院"(今太平宫)。太平宫正门照壁上单线勾刻"海上宫殿"四个金色大字,是宋太祖敕封。

③ 谕旨:元太祖成吉思汗敕谕以及颁给丘处机的令丘真人掌管天下道门事务的金虎符文圣谕刻石二方,现嵌在太清宫三皇殿前廊东、西两侧墙上。金虎符牌的末尾刻有"真人到处如朕亲临,丘神仙至汉地,凡朕所有之城池,其欲居者居之。掌管天下道门事务……"

海上仙山（2011-11-07 摄）

崂山古冰川

崂山古冰川,回溯亿万年。
奇特地貌存,犹如博物馆。
冰臼①处处现,飞来石高悬。
那罗延窟②洞,冰臼之范典。
奇石洞巨顶,漂砾③花岗岩。
动辄数千吨,巨峰犹可见。
崂山古冰川,遗迹遍满山。
山海奇观集,巨峰最纷繁。
天然成奇观,福地落人间。
国泰民安世,享尽大自然。

---

① 冰臼:冰川的直接产物,古冰川遗迹之一。
② 那罗延窟:位于那罗延山的北坡,是一处天然的花岗岩石洞。"那罗佛窟"是崂山十二景之一。石洞宽7米,高、深各10余米,四壁如削,石壁上方凸出一方薄石,形状极似佛龛。洞顶有一圆洞,颇似火山喷口,天光由此圆孔透入。如此巨大的花岗岩洞国内尚不多见。僧侣们称此窟为"世界第二大窟"。
③ 漂砾:被冰川带到别处的大小不一的石块,统称漂砾。

那罗延窟（2014-09-06 摄）

巨峰奇石洞（2014-11-08 摄）

五指峰

高高五指峰，巨峰①西侧顶。

硕大五指连，径直向蓝天。

崂山高名冠，仰仗二主线。

山海奇观妙，道教文化奥。

自然景观盈，山水好风景。

冰臼成窟洞，漂砾立诸峰。

象形石维俏，崂山真不少。

人文景观富，石刻满山布。

诸山有道观，历史两千年。

白云观在京，亚丛林数青②。

海上仙山甲，奇特冠中华。

置身崂山中，疑是在仙境。

---

① 巨峰：位于崂山中部，海拔 1132.7 米，为崂山最高、最险的一个景区。"巨峰旭照"是崂山十二景之一。"云海奇观""旭照奇观""彩球奇观"是巨峰风景的三大奇观，特别是"旭照奇观"，绮丽壮美。

② 亚丛林教青：白云观位于北京西便门外，是中国道教全真派祖庭，被称为"道教全真第一丛林"。青岛的崂山太清宫为"道教全真天下第二丛林"。

巨峰五指峰（2014-01-04 摄）

巨峰丹炉峰（2014-01-04 摄）

自然碑

巨峰南坡自然碑①，
突出站立势巍巍。
高宽七乘四十米，
冠顶方岩大头盔。

自然碑名真切配，
碑身碑冠冰川为。
石碑旁石全拖走，
孑然突立别样美。

---

① 自然碑：自然碑位于巨峰南坡，是冰川运动的产物。冰川运动具有非常强大的拖蚀（拔蚀）作用。自然碑原来是一座突兀的山峰，因四周的岩石被冰川拖走，如今只留下这孑然一身的孤影。

巨峰自然碑（2013-09-14 摄）

巨峰自然碑（2013-03-05 摄）

巨峰云海

策杖登高看云海，
巨峰直上云天外。
一缕晨曦鸿蒙破，
云舒云卷蓝天开。

巨峰云海（2011-11-06 摄）

巨峰云海(2011-11-06 摄)

云舒云卷蓝天开(2011-11-06 摄)

崂山路

一尘不染，
这里不是修饰房间的窗明几净。
今天说的是香港路、崂山路①风景。
卫生先进，
青岛路边五十年代就设卫生箱，
那时青岛就是国家卫生先进城。
"东方瑞士"，
这是来青的人们对青岛的誉称，
青岛红瓦绿树却有蓝色的宁静。
改革至今，
山东的路还是排在全国的前列，
青岛市也当然是山东的排头兵。
步行海滨，
从石老人浴场、香港路到崂山路，
一路走来犹如享受在自家园庭。
美丽崂山，
你若经过深度保洁的崂山示范街，
准能见到保洁人员劳作的身影。

---

① 崂山路：青岛市深度保洁示范路之一，西起滨海公路，东至大河东停车场，全长约 13.5 千米，是青岛市区南部进出崂山风景名胜区的唯一通道，也是展示青岛市"山、海、城浑然一体，和谐共生"城市特色的重要景观轴线，是崂山区也是青岛市的城市名片。

文明规范，

车行道尘土不超过 5 克/平方米，

人行道尘土不超过 10 克/平方米。

疑是仙境，

走在有清晰交通标志的路边，

蓝天、绿树、花坛、别墅、高山和大海，

这就是青岛崂山的高标准大道！

这就是那海上仙苑、人间幻境！

香港东路海尔路口（2018-05-21 摄）

苗岭路保洁（2017-05-18 摄）

香港东路至崂山路保洁（2017-05-18 摄）

保洁车及洒水车在苗岭路作业（2019-03-01 摄）

后　记

退休后,想做的事情终于有时间做了。

关于崂山及崂山文化方面的书,我已先后出版多部作品。刚开始接触崂山及崂山文化的写作,还是青岛市崂山区人民政府、崂山风景区管理委员会编著,青岛出版社 2000 年出版的崂山画院书画作品《中国崂山》和张开明崂山风光摄影作品《中国崂山》,以及青岛市崂山风景区管理局编著、青岛出版社 2009 年出版的《崂山象形石》,在这三部书中我担任英文翻译。我深感:崂山像诗歌一样动人,像图画一样美丽!

出于对崂山及崂山文化的热爱,我 200 余次进崂山,拍石刻,摄风光,查资料,汉译英,先后出版了《崂山刻石诗词》(王瑞竹编译,中国海洋大学出版社 2011 年出版)、《崂山诗刻今存》(王瑞竹编摄,中国海洋大学出版社 2013 年出版)、《崂山题刻今存》(王瑞竹编著、摄影,中国海洋大学出版社 2016 年出版)、《诗词百首咏崂山》(王瑞竹编译,中国海洋大学出版社 2016 年出版)等有关崂山及崂山文化方面的图书。

今天,将 2011 年以来进崂山的见闻、感受及摄影,以诗歌、图片的形式汇集成册。本纪行编入诗词 51 首以及对应的图片。

2017 年春节,计划做本书的时候,青岛出版社的老前辈王永乐先生给出了宝贵意见。王老说,搞一本崂山诗画不错,并对诗文、图片质量,甚至版面的设计等谈了看法。王老热情的肯定,坚定了我做好本书的信心。

王老说崂山诗画,至今已四年了。内容多次修改,现定名《诗画崂山》。读者若想游崂山，这里可以预览。本书之所以能够出版，应说是众人拾柴的结果。有前人铺就的道路、筑起的高台，有专家、好友、家人的鼎力相助，才能成就了这本书。我由衷感恩！

感谢王永乐先生对编写《诗画崂山》的支持、肯定及建议！

感谢孟庆泰先生对《诗画崂山》给予的修改意见！

感谢我家人的支持！

感谢近年来始终支持、帮助我记录、宣传崂山及崂山文化的专家、好友！

感谢中国海洋大学出版社多年来对我出版图书的支持和帮助，感谢编辑对书稿的认真编辑校对。

王瑞竹

2021 年 8 月 27 日于青岛